Cuidemos a nuestro nuevo hámster

Berta García Sabatés y Mercè Segarra/Rosa M. Curto

¡Adoptemos un hámster!

Este pequeño hámster se llama Hairy, que significa "peludo" en inglés. Es travieso y curioso, tiene el pelo y los ojos brillantes y la orejas peludas. ¡Parece una bola de peluche! Y ésta es la familia que acaba de adoptarlo: papá, mamá, Marcos y sus dos hermanas gemelas: Marta y María.

Hairy ya casi tiene un mes, por eso ya no tiene que mamar la leche de su madre, pero como todavía es un bebé, ¡deberán tomarlo con mucho cuidado!

Elegir una casa

Como la nueva familia de Hairy no había tenido nunca un hámster en casa, andan un poco estresados buscando una jaula adecuada para él.

¡Hay jaulas de tantas formas! En la tienda les han explicado que los hámsteres se mueven mucho y por eso la jaula debe tener suficiente espacio. ¡Una jaula con dos estancias será perfecta!

Sus cosas

Marcos tiene un amigo que también tiene un hámster. Por eso ya sabe que Hairy necesita hacer ejercicio: una rueda para correr y también un tubo-túnel horizontal y vertical por donde pueda correr y divertirse. La mamá de Marcos le ha contado que a los hámsteres también les gusta jugar con cajas que tengan varias aberturas a través de las cuales puedan entrar y trepar.
Después de estas consideraciones, las hermanas gemelas de Marcos han escogido la casa donde vivirá Hairy. Es de color naranja y amarillo, que son los colores del desierto, de donde son originarios muchos hámsteres.

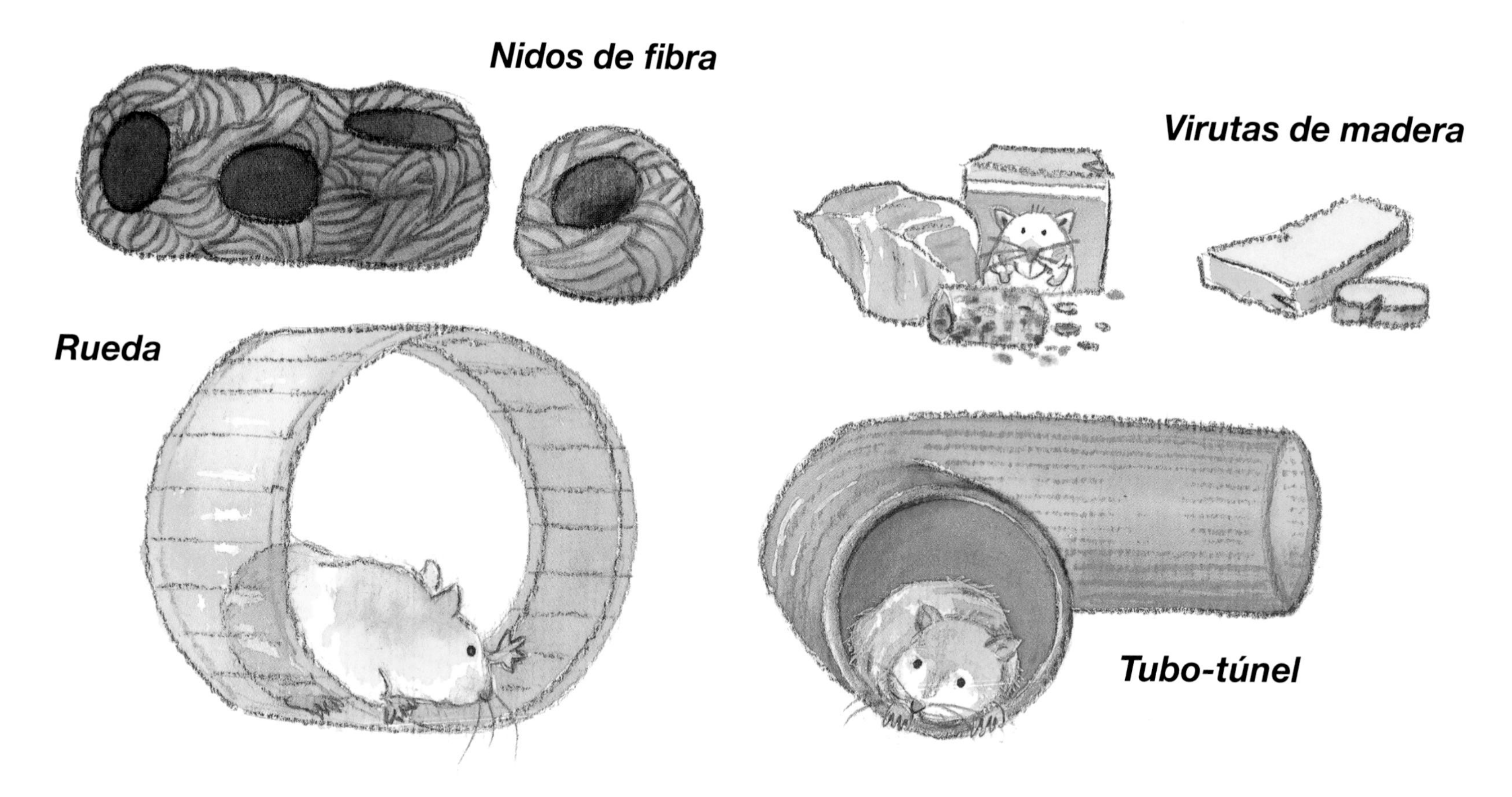

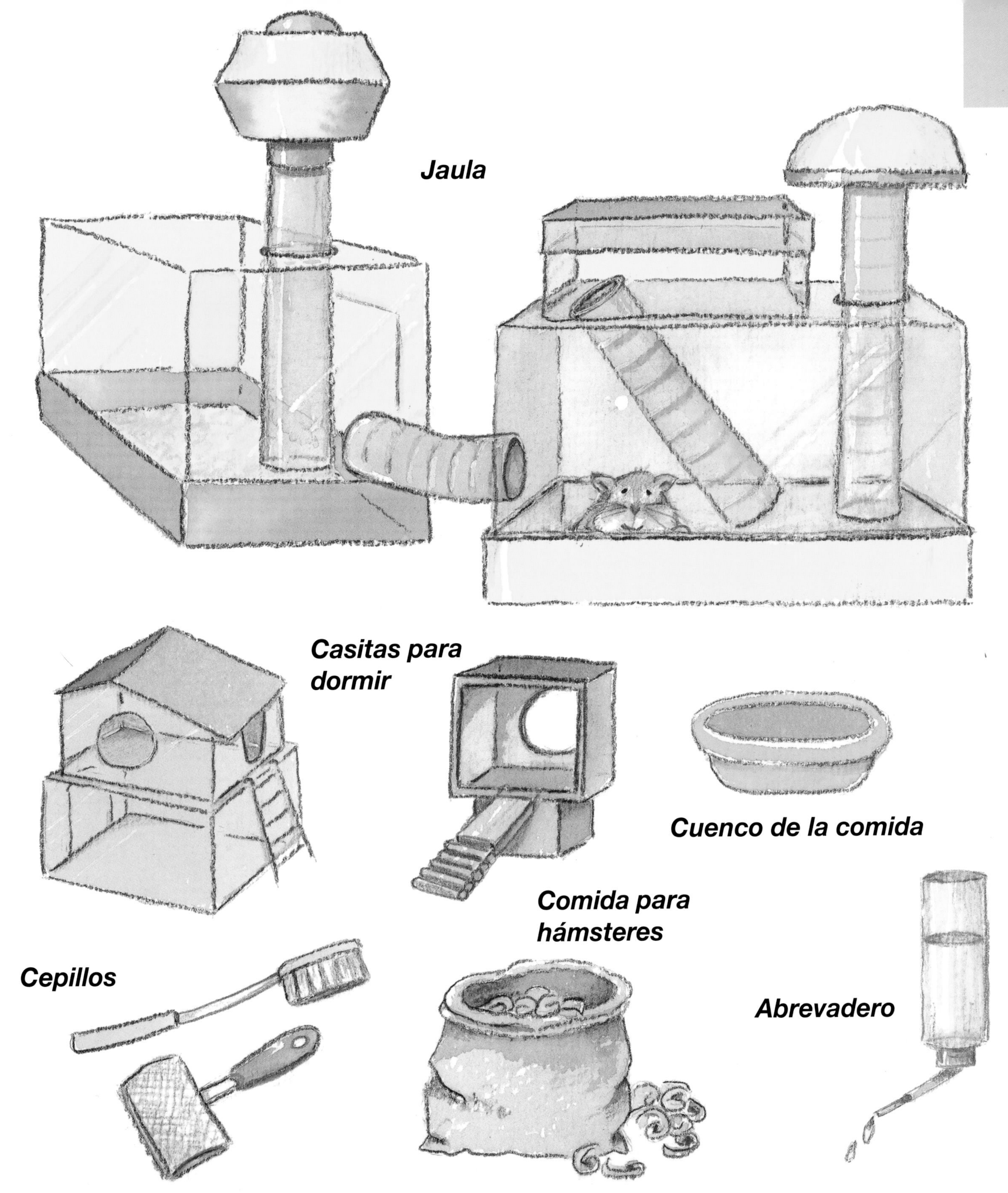
Jaula
Casitas para dormir
Cuenco de la comida
Comida para hámsteres
Cepillos
Abrevadero

¡Con mucho cuidado!

Cuando llegan a casa, el papá dice: Hoy es el primer día que Hairy está con nosotros y lo tendremos que dejar tranquilo para que se acostumbre a su nueva casa. Aun así, no tenemos que dejar que se sienta muy solo, porque todavía es un bebé y se sentirá mejor si lo tomamos de vez en cuando.

De esta manera será más dócil y no
mordera. ¡Cuanto antes empecemos a
tomarlo, más fácilmente empezará a
confiar en nosotros, pero lo tenemos
que hacer con mucho cuidado!

Ahora ya podemos empezar a darle alguna golosina: un trocito de manzana, de zanahoria o un ramillete de coliflor. Antes de coger algo, Hairy huele la comida y cuando se da cuenta de que es algo que le gusta, se lo mete a la boca, lo lleva hasta su escondite y lo guarda.

Los primeros alimentos

Marcos les dice a sus hermanas: Nunca pongan los dedos dentro de la jaula, ¡las puede morder!

Noche movida

Hairy, como todos los hámsteres, acostumbra a dormir de día y se despierta hacia la noche.

Y eso es un problema, porque cuando todo el mundo está durmiendo empieza a oírse *crac, crac, crac.*

¿Adivinas qué es?

¡Es Hairy haciendo ejercicio en su ruedecita! ¡Mejor cerrar la puerta o nadie podrá dormir!

Todo en orden

Marcos también sabe que tiene que limpiar el lugar donde Hairy hace sus necesidades cada día. A los hámsteres les gusta guardar como un tesoro sus golosinas, de manera que Marcos siempre se asegura de tener reservas de comida. También tiene que cambiar su camita dos veces por semana, desinfectarla y dejarla secar antes de volver a ponerla. ¡Y cambiar y limpiar todos sus juguetes!

Las gemelas se divierten cuando le dan una toalla de papel de a Hairy para que él mismo haga su cama. Desmenuza el papel en mil trozos, los pone juntos y se hace una cama muy confortable.

Un poco de trabajo

El mejor momento para alimentar a los hámsteres es por la noche, porque así su comida no se seca durante todo el día.

La dependienta de la tienda de animales dijo que tendrían que limpiar diariamente la botella y el tubo por donde bebe Hairy, para evitar que se acumule la comida y asegurarse de que funcione bien. También les dijo que era muy importante llenar la botella de agua con agua fresca cada día.

El papá de Marcos dice que lo mejor sería que cada uno se encargara de hacer una tarea.

Limpio y aseado

Hairy es tan aseado que lo primero que hace cuando se despierta es lavarse la cara y los bigotes. Se pasa sus patitas por la cara una y otra vez, hasta que está bien limpio.

Y después... ¡a desayunar!

La mamá bromea diciendo que quizás tendríamos que decir "a cenar," porque cuando Hairy se levanta, ya hace mucho rato que ha salido el sol.

¿Cómo tomarlo?

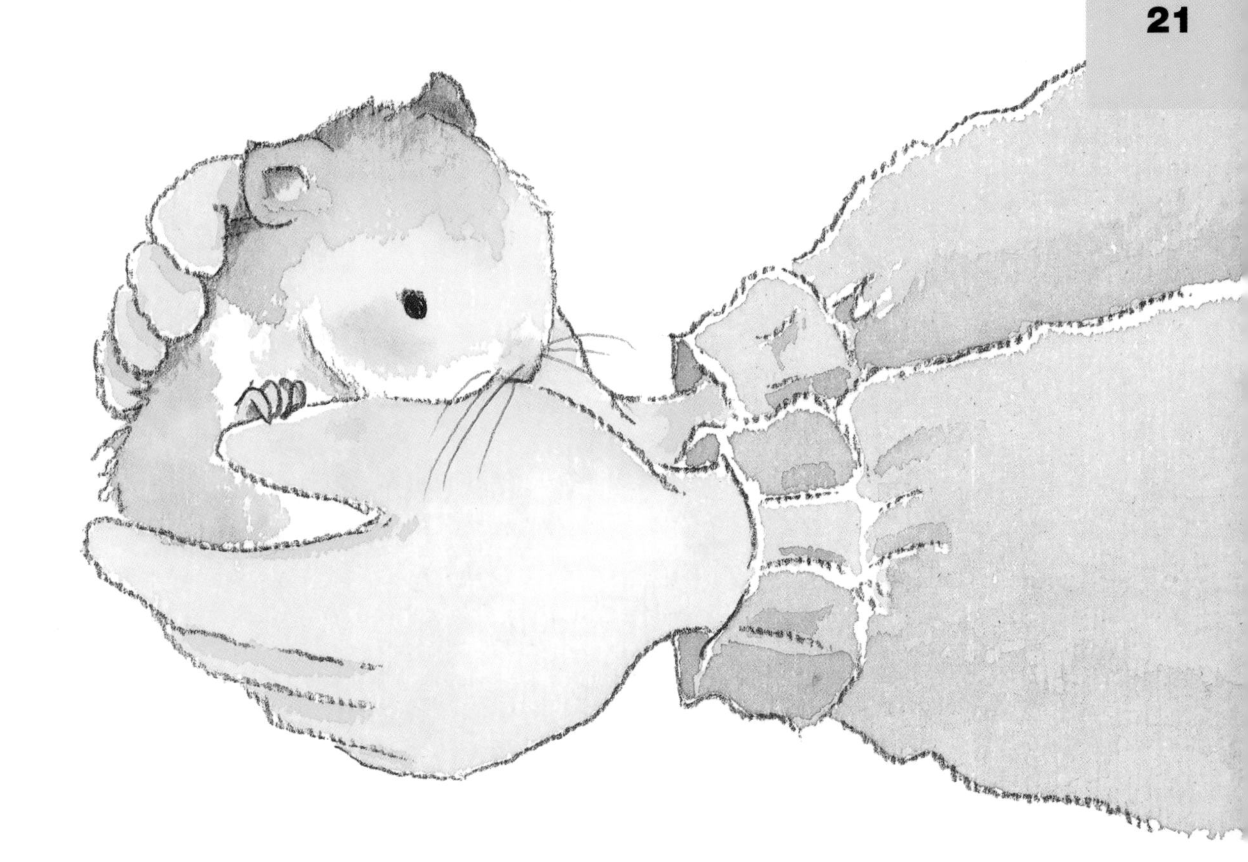

Hairy, como la mayoría de los hámsteres, es un animal solitario. Pero eso no quiere decir que no le encante jugar con los más pequeños de la casa, ahora que ya los conoce.

Cuando es la hora de tomar a Hairy, Marcos, que ya tiene doce años, lo pone entre sus manos como si estuviera en una cueva. De esta manera lleva a Hairy de un lado a otro sin que se le caiga.

¡Marta y Maria tendrán que esperar hasta que sean mayores para poder tomar y llevar a Hairy!

Bolsillos especiales

¡Hairy es un tragón! –dice Marcos. Se ha puesto tanta comida en la boca que se le ha hinchado como una bola.

El papá le explica que es su forma de llevar la comida de un lado para otro. Es como si tuviera unos bolsillos especiales en las mejillas.

Cuando llega a su despensa, vacía "los bolsillos" frotándose las mejillas con las patas.

¿Te imaginas si lo pudiéramos hacer nosotros?

Afilarse los dientes

Los hámsteres son animales roedores; eso quiere decir que roen cosas duras como la madera, el pan seco y, si no vigilas, cualquier cosa que dejes cerca de la jaula.

Sus dientes crecen durante toda la vida y si no royeran, se harían demasiado largos. Por eso nunca faltan ramitas en la jaula de Hairy.

Un mordisco

El sábado por la mañana, María, que es un poco impaciente, quería jugar con Hairy.

Como estaba durmiendo no se le ocurrió nada mejor que empezar a sacudir su jaula y a meter el dedo para despertarlo. Hairy se asustó tanto que le mordió el dedo.

¡Menudo susto tuvieron los dos!

Los sentimientos de los hámsteres

Las hermanas de Marcos ya saben reconocer cuando su hámster tiene ganas de jugar y cuando no. Cuando las gemelas están quietas y relajadas, Hairy nota que el ambiente está calmado y él también se calma, pues a los hámsteres no les gusta el estrés. Las gemelas nunca le harán hacer algo que no le guste, y si lo forzaran se estresaría mucho. Además, a los hámsteres no les gusta que los muevan bruscamente, y el susto los puede afectar muchísimo.

De paseo

Ahora que ya se han hecho amigos, Hairy puede salir un ratito de la jaula y pasear dentro de la bañera.
Si lo dejaran libre por el suelo, se podría perder y alguien lo podría pisar sin querer.

Hay muchos peligros en una casa para un animalito tan pequeño.

Meterse en los agujeros puede ser peligroso.

Algunas plantas son venenosas para él.

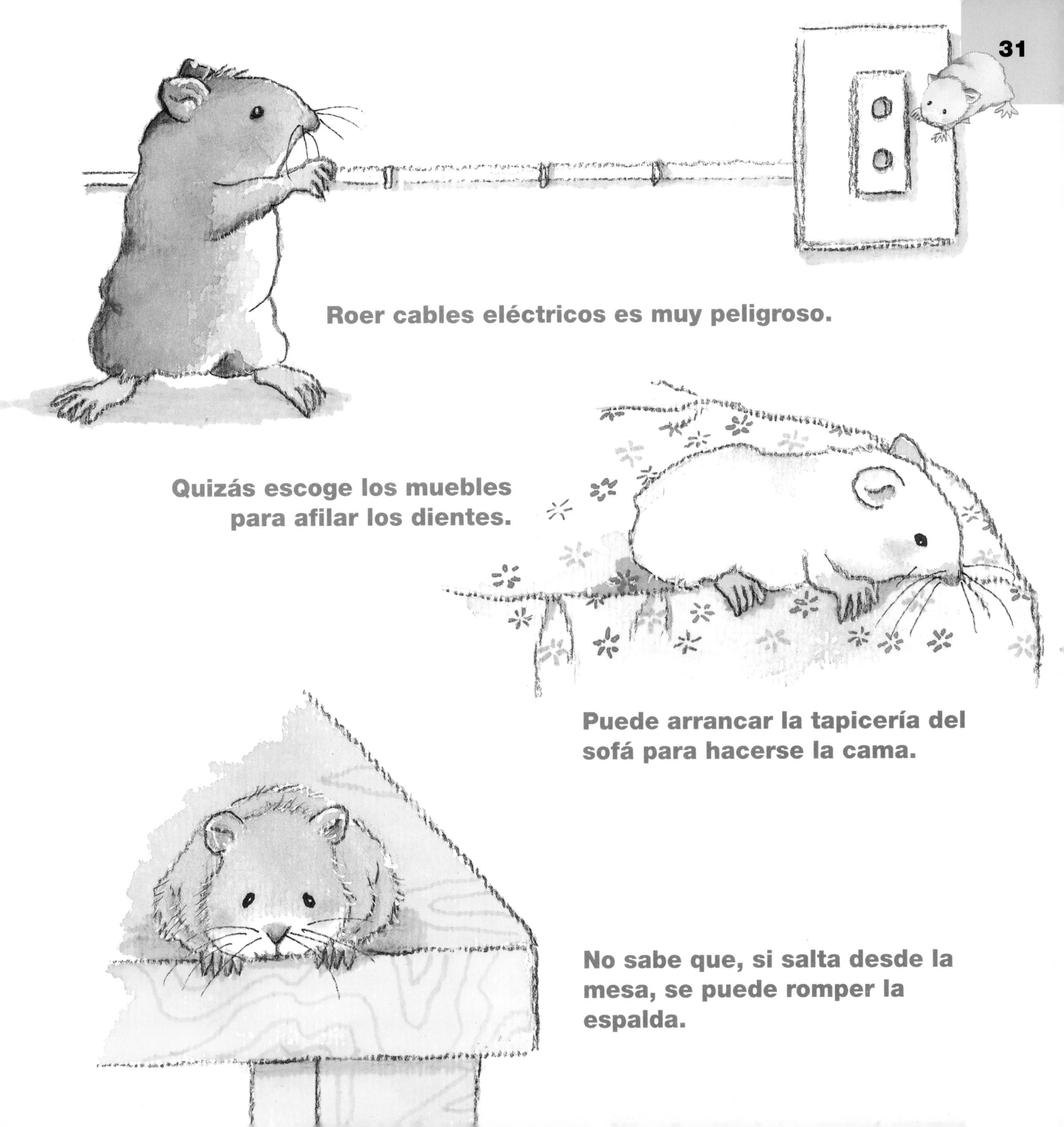

Roer cables eléctricos es muy peligroso.

Quizás escoge los muebles para afilar los dientes.

Puede arrancar la tapicería del sofá para hacerse la cama.

No sabe que, si salta desde la mesa, se puede romper la espalda.

Cosas de hámsteres

Los hámsteres comen un poco de todo: semillas, cereales, verdura, fruta ...
¡Pero eso no quiere decir que les puedas dar cualquier cosa! Por ejemplo, ¡no pueden comer grasas ni frutos secos porque le podrían hacer mucho daño!
Además de una buena mezcla de semillas y cereales, los hámsteres tienen que comer fruta o verdura fresca cada día, así como una pequeña cantidad de proteína animal como por ejemplo larvas, queso blanco o yogur.
Tener un hámster es una gran responsabilidad y una fuente de sorpresas, porque cada hámster tiene su carácter.

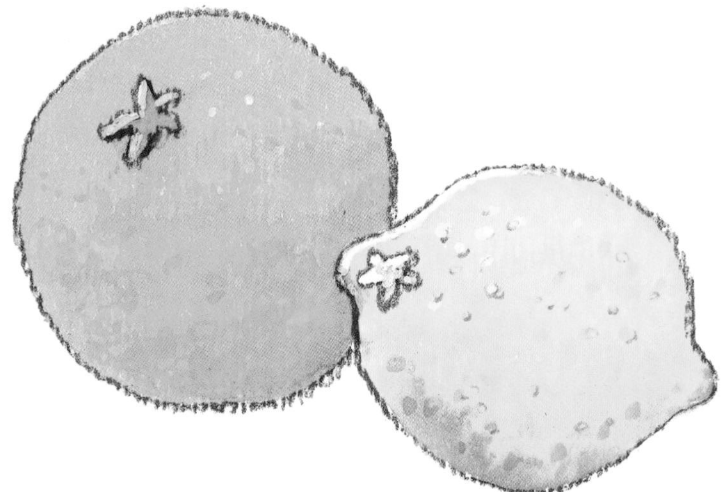

¡Descubrirlo puede ser muy divertido!

IMÁN

Tú mismo puedes hacer este práctico imán con la figura de tu hámster. Con él podrás sujetar en la nevera la lista de comida que necesitas comprarle.

Material: arcilla roja, imán del tamaño de un botón, barniz para arcilla, cartulina, lápices, tijeras, pincel, punzón, espátula, cola.

Elaboración:

1. Calca en la cartulina la figura del hámster y después recórtalo.
2. Amasa un trozo de arcilla hasta hacer una plancha de un grueso máximo de media pulgada.
3. Marca la silueta del hámster a la arcilla.
4. Da forma de hámster a la arcilla con ayuda de la espátula.
5. Marca el ojo y dibuja las líneas de las partes del hámster (patas, boca, orejas) con ayuda del punzón y deja secar la pieza.
6. Una vez seca, barnízala y déjala secar otra vez.
7. Finalmente, engancha el imán a la parte trasera y deja secar la cola.

1

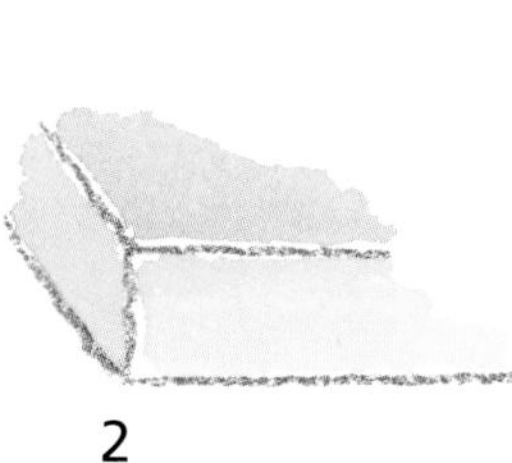

2

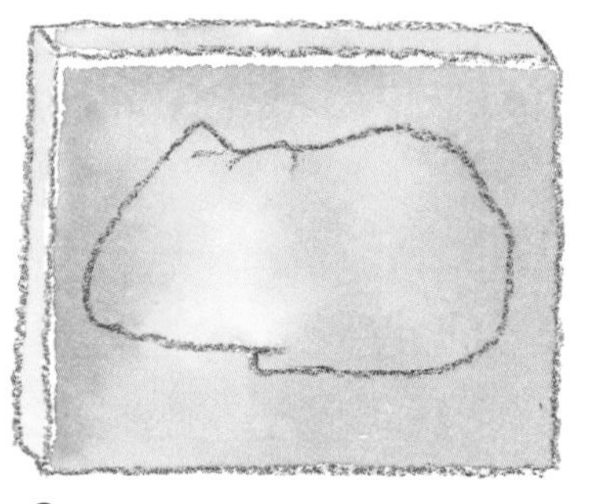

3

4

5

6

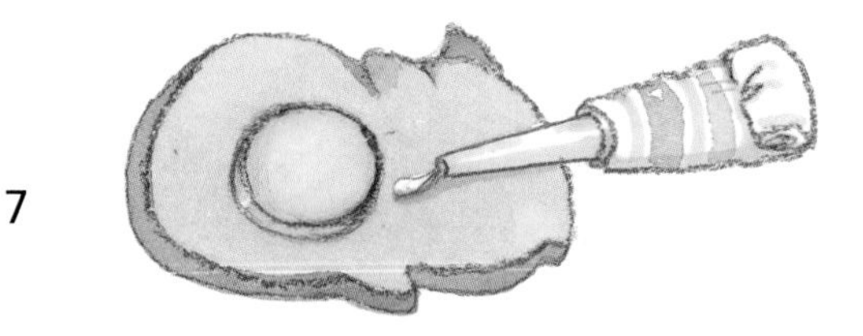

7

Consejos del veterinario

Cómo tomar y llevar un hámster
Si todavía no tienes doce años, mejor que no tomes tu hámster. Pide ayuda a un adulto.
Hay dos maneras recomendadas para tomar un hámster. Utiliza la que te resulte más fácil.
Cuidado: Toma siempre el hámster cerca de una mesa o un banco, porque puede saltar y hacerse daño.
Método 1: Forma una cueva con tus manos y mete el hámster. Cierra ligeramente las manos de manera que lo puedas coger entre ellas.
Método 2: Toma el hámster por la piel que tiene en el cuello con los dedos pulgar e índice. Con la otra mano sujétalo por la parte del trasero. Tomándolo de esta manera, puedes trasladar el hámster de un lugar a otro.
Cuando lo vayas a comprar
Te damos algunos consejos para cuando vayas a buscar tu hámster:
- Ve a buscarlo al hacerse de noche, poco antes de que cierre la tienda. Los hámsteres están más despiertos cuando anochece. Por eso, si vas en este momento podrás ver cómo se fija en todo, y si tiene buena salud.
- Escoge uno que no sea ni demasiado gordo ni demasiado delgado.
- Tiene que tener el pelo suave, limpio, liso y reluciente. Los ojos y la nariz tienen que estar limpios. La respiración del hámster tiene que ser silenciosa.
- Si ves que el hámster tiene diarrea o problemas respiratorios, quizás tiene alguna enfermedad.
- Pregunta en la tienda de animales si es un hámster que prefiere estar solo o si, en cambio, le gusta estar con otros hámsteres.

¿Comprar uno o dos hámsteres?
Los hámsteres dorados son animales solitarios, es decir que cuando se hacen mayores buscan su propio territorio, que marcan con su olor, y excavan su propia guarida. Estos hámsteres tienen que estar solos, porque no les gusta estar con otros hámsteres. Si pusieras dos hámsteres en una jaula normal, lo más probable es que acabaran peleándose y mordiéndose. Sin embargo, los hámsteres rusos y chinos pueden convivir en grupo si crecen juntos. Pero si no te quieres dedicar a la cría, mejor que tengas uno solo, pues se reproducen tan deprisa que no sabrías qué hacer con tantos hámsteres.
Tener crías
El embarazo de una hembra de hámster dura más o menos 15-16 días. De cada embarazo nacen entre 4 y 12 bebés al mismo tiempo. Además, un hámster puede tener 2 o 3 embarazos en un año. ¿Te imaginas cuántas crías de hámster podrías tener en un año? La mamá hámster es muy maternal y si ve que sus crías corren peligro se las lleva corriendo hacia un lugar seguro. Cuando nacen, no tienen ni un pelo en todo el cuerpo. Cuando ya tienen dos semanas abren los ojos y ya tienen un bonito abrigo de pelo.

Comida
Cuando las crías ya tienen casi un mes dejan de mamar y empiezan a comer de todo un poco, porque los hámsteres son omnívoros. Les gustan las semillas, la fruta, la verdura e incluso los insectos. Lo mejor es comprar comida especial para hámsteres y añadir verdura y fruta fresca, pero en muy poca cantidad. La mejor hora para darles la comida es al final de la tarde. A la mañana siguiente deberás retirar los restos de comida que hayan quedado.
Dientes
Los hámsteres son roedores; eso quiere decir que son animales que siempre están royendo cosas duras como la madera o el pan seco. Eso les sirve para afilarse los dientes y evitar que se les hagan demasiado largos, porque los dientes de los hámsteres crecen durante toda la vida. Si no se los afilaran crecerían tanto que les molestarían incluso para comer. Puedes poner un trozo de madera dura y seca o ramas frescas de árboles frutales, sauce, álamos, tilo... y cuidado con las ramas tóxicas, como las del tejo.
No lo despiertes
Los hámsteres que viven en libertad hacen vida nocturna y se pasan el día durmiendo o descansando en su cama de paja, enrollados como una bola y con la cabeza bajo la barriga. Aunque tu hámster sea doméstico, es muy probable que si lo despiertas bruscamente se asustará y quizás te meuerda. Lo tienes que dejar tranquilo mientras descansa. Si lo respetas, seguro que acabarás ganándote su confianza.
Jaulas
Los hámsteres son animales muy aseados y les encanta tener un lugar para dormir, un lavabo y un escondite donde guardar la comida para cuando tengan hambre. Por eso la jaula tiene que ser bastante grande como para que puedan estar a gusto. Recuerda que tu hámster es un roedor, o sea que la jaula deberá ser de un material a prueba de sus dientes.
Otros consejos
- Si tienes otros animales, aléjalos de la jaula. Los perros sobre todo pueden hacerle daño o asustarlo con sus ladridos. La jaula tiene que estar situada en un lugar un poco elevado.
- Tienes que vigilar que no haya corrientes de aire ni cambios bruscos de temperatura cerca de tu hámster. En verano vigila que no le dé el sol o podría sufrir una insolación.
- No pongas nunca ambientadores, perfumes ni sustancias aromáticas dentro de la jaula.
- Antes de tomarlo lávate siempre las manos.
- El órgano sensorial más importante de los hámsteres es la nariz. Él aprenderá a reconocerte por tu olor.

CUIDEMOS A NUESTRO NUEVO HÁMSTER

Primera edición para Estados Unidos y Canadá publicada en
2008 por Barron's Educational Series, Inc.

Título original: *Un Hámster en Casa*

C/ Castell, 38 Teià (08329) Barcelona, Spain (World Rights)
Tel: 93 540 13 53
E-mail: info@mercedesros.com
Autores: Berta García Sabatés y Mercè Segarra
Ilustraciones: Rosa María Curto

Dirigir toda consulta a:
Barron's Educational Series, Inc.
250 Wireless Boulevard
Hauppauge, New York 11788
www.barronseduc.com

Número Internacional del Libro-10: 0-7641-3873-1
Número Internacional del Libro-13: 978-0-7641-3873-7

Número de Control de la Biblioteca del
Congreso de EUA: 2007934959

Impreso en China
9 8 7 6 5 4 3 2 1